Marliese Arold

Leselöwen
Gänsehautgeschichten

Zeichnungen von Ralf Butschkow

ISBN 3-7855-4373-5 – 2. Auflage 2004
© 2002 Loewe Verlag GmbH, Bindlach
Umschlagillustration: Ralf Butschkow
Reihenlogo: Angelika Stubner
Gesamtherstellung: sachsendruck GmbH, Plauen
Printed in Germany

www.loewe-verlag.de

Inhalt

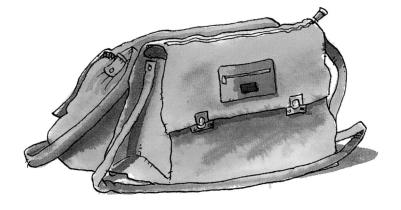

Gespenst für eine Nacht

Timos Großeltern wohnten in einem uralten Haus auf dem Land. Oma behauptete immer, es würde dort spuken, aber Timo glaubte ihr kein Wort. Er war sich sicher, dass sie das nur sagte, damit er sie öfter besuchen kam.

Am letzten Wochenende in den Sommerferien fuhr Timo endlich hin. Mit dem Zug. Allein und ziemlich widerwillig. Viel lieber hätte er mit Jonas am See

gezeltet, als ein ganzes, langes Wochenende bei seinen Großeltern zu verbringen.

Oma und Opa freuten sich dagegen
sehr, als sie Timo vom Bahnhof abholten.

„Wie schön, dass du gekommen bist",
meinte Oma. „Leider musst du dieses Mal
oben in der Dachkammer schlafen. Wir
tapezieren nämlich gerade."

„Schlafen ist gut", sagte Opa und
zwinkerte Timo zu. „Wo es doch bei uns
so entsetzlich spukt. Ich wette, Herr Grau
kommt dich gleich heute Nacht besuchen."

„Er ist aber ein nettes Gespenst", fügte
Oma hinzu.

Timo machte ein gleichgültiges Gesicht.
Dachten sie ernsthaft, dass er auf solche
Märchen reinfiel? Also, dafür war er
inzwischen wirklich schon zu alt!

Das mit dem Tapezieren war allerdings
kein Märchen. Leider!
Im ganzen Haus
herrschte
Chaos.

Überall standen große Rollen herum, und es roch nach Kleister und Farbe.

Zum Glück gab es Timos Lieblings-kuchen. Pflaumenkuchen mit viel Sahne, lecker! Timo verdrückte gleich drei Kuchenstücke und trank dazu jede Menge Limo. Satt und zufrieden kletterte er danach die schmale Leiter hinauf, um sich die Dachkammer mal genauer anzusehen. Hier war er noch nie gewesen. Es war ein winziges Zimmerchen mit schiefen Wänden und einem großen Holzbett. Unter dem Bett entdeckte Timo einen Nachttopf aus rosa Porzellan.

„Pfff!" Timo schleuderte seinen Ruck-sack aufs Bett. „Von wegen Gespenster!"

Er packte seine Sachen aus und hängte die Kleider in den alten Schrank. Dann stellte er sich auf die Zehenspitzen und spähte durch das Dachfenster. Er konnte direkt auf den alten Friedhof schauen.

Viele Grabsteine waren verwittert und standen schief.

Mit einem Seufzer ließ sich Timo aufs Bett fallen. Das Wochenende würde sich bestimmt ziehen wie Kaugummi. Was hätte Timo dagegen alles mit Jonas unternehmen können! Bei dem tollen Wetter ...

Nach dem Abendessen spielte Timo eine Weile mit seinen Großeltern Karten, denn der Empfang des Fernsehgeräts war gestört. Timo ärgerte sich, dass er deswegen den Krimi verpasste, den er hatte sehen wollen. Und noch mehr ärgerte er sich darüber, dass dauernd Oma und Opa gewannen. Bald hatte Timo keine Lust mehr zum Spielen.

Leider kaputt!

„Ich geh jetzt ins Bett", verkündete er.

„Gute Nacht", sagten Oma und Opa wie aus einem Mund.

Im gleichen Augenblick heulte draußen der Wind auf, und Regentropfen prasselten wie kleine Kieselkörner gegen die Fensterscheibe.

„Wieso regnet es plötzlich?", fragte Timo erstaunt. „Vorhin war es doch noch ganz sonnig. Ich hab überhaupt keine Wolken am Himmel gesehen."

„Och, bloß ein Sommersturm", meinte Opa.

„So was gibt es hier öfter", sagte Oma, ohne sich aus der Ruhe bringen zu lassen.

Timo kletterte die Leiter zur Dach-kammer hinauf. Eigentlich hatte er noch gar keine Lust zum Schlafen. Deswegen holte er sein Buch aus dem Rucksack und vertiefte sich in *Eiskalte Geisterhände*. Er hatte erst wenige Seiten gelesen, als mit einem Mal das Licht erlosch.

„Keine Sorge, nur ein Stromausfall", hörte er seinen Großvater von unten rufen.

„Haben wir hier dauernd", rief Oma.

Timo legte das Buch auf den Nachttisch und zog die Decke bis zum Kinn. Er war stinksauer. Warum war er bloß hierher gekommen?

Der Regen trommelte auf die Dachziegel. Durch die Ritzen am Fenster pfiff der Wind. Es klang wie leises Jammern.

„Pfff", machte Timo wieder, „*ich* hab doch keine Angst. Und müde bin ich auch noch nicht."

Trotzdem musste er für eine Weile eingenickt sein, denn mit einem Mal schwebte ein großer Mann neben seinem Bett. Timo fuhr sofort hoch.

Es regnete nicht mehr. Durch das Dachfenster fiel silbernes Mondlicht.

„Gut, dass du da bist", sagte der Mann. Er war von Kopf bis Fuß grau – so, als hätte er in Zement gebadet. Sogar die Hände waren grau wie Staub.

Timo war starr vor Schrecken. Das Herz klopfte ihm bis zum Hals. Sollte er um Hilfe schreien?

„Einmal wieder in einem richtigen Bett schlafen", murmelte der Graue, „das wünsche ich mir schon lange. Ich bin so müde ... Vertrittst du mich für diese Nacht?"

„W-w-wie?", fragte Timo mit klappernden Zähnen. „W-w-was?"

„Ganz einfach", sagte der Graue. „Du spukst heute Nacht an meiner Stelle, und ich schlafe hier in deinem Bett. Abgemacht?"

„Ich?" Timo machte große Augen. „Sie meinen ... ich soll ein Gespenst werden?"

„Nur für eine Nacht", antwortete der Geist und gähnte. „Ich brauche unbedingt mal eine Pause, denn ich spuke hier schon seit zweiundfünfzig Jahren. Ununterbrochen, Nacht für Nacht." Er schaute sehnsüchtig auf das Bett.

Timo schluckte. „Klar, das versteh ich", sagte er zögernd. „Na gut, einverstanden."

„Danke." Der Graue lächelte. Dann hauchte er den Jungen an. Timo spürte den eiskalten Atem. Er fühlte sich auf einmal ganz leicht. Als er an sich heruntersah, merkte er, dass alles an ihm grau geworden war. Sogar der gestreifte Schlafanzug war verblasst. Außerdem schwebte Timo schon einen Meter über dem Bett.

„Ich kann ja fliegen", jauchzte er
begeistert.

„Sicher", erwiderte der Mann, der jetzt
wie ein normaler Mensch aussah. „Und
durch Wände gehen. Durch Schlüssel-
löcher schlüpfen und als Rauch verduften.
Also, viel Spaß und eine lustige Nacht!"

Dann kuschelte sich der Mann in die Bettdecke und drehte sich zur Wand. Gleich darauf hörte Timo, wie er zu schnarchen begann.

Timo war ganz aufgeregt. Das war einfach unglaublich! Er brauchte nur die Arme auszustrecken und sich irgendwohin zu denken – und schon bewegte sich sein Körper in die gewünschte Richtung! Am liebsten hätte Timo laut gejubelt.

Ob er wirklich durch Wände gehen konnte? Als er versuchsweise den Arm ausstreckte, verschwand dieser bis zum Ellbogen im Gemäuer.

„Wow!", rief Timo begeistert. Er schwebte durch die Wand, glitt durch die Luft hinunter ins Erdgeschoss und flog ins Schlafzimmer, wo seine Großeltern schliefen. Timo kitzelte sie ein bisschen, aber sie wurden davon nicht wach.

„Schade", dachte Timo. „Oma und Opa hätten vielleicht Augen gemacht!"

Timo schwebte weiter – hinaus ins Freie, über die Gemüsebeete und über den Zaun. Auf dem Friedhof wimmelte es von Gespenstern. Die meisten sahen zwei Geistern zu, die auf einer alten Grabplatte Schach spielten.

„Pass auf, du bist gleich deine Dame los", warnte der neongrüne Geist seinen Gegner.

„Von wegen!" Der andere – ein Kapitän mit altmodischer Uniform – lachte und rückte seine Figur vor. „Schach! Und schachmatt!"

„Ja, schachmatt", riefen die Geister-Zuschauer und klatschten Beifall.

Jetzt entdeckten sie Timo. „He, wer bist du denn? Ein Neuer?"

„Nur eine Vertretung", sagte Timo schnell.

„Wir wollen uns auch mal vertreten lassen", schrien die Gespenster im Chor, so laut, dass es Timo vorkam, als müsse der ganze Ort davon aufwachen.

Schnell schwebte Timo hoch in den nächsten Baum.

Aber dort war er auch nicht ungestört. Im Gipfel saß ein Gespenstermädchen. Es hatte ein dickes Buch in der Hand.

„Ich bin Aurelia und lerne gerade für meine Gespensterprüfung. Kannst du mich bitte mal abhören?"

„Klar", meinte Timo und begann, Aurelia abzufragen.

Aurelia gab lauter falsche Antworten.

„Ich kann mir das Zeug einfach nicht merken", klagte sie und raufte sich verzweifelt die zotteligen Haare. „Ich bin schon dreimal durch die Prüfung gefallen, und wenn ich es beim vierten Mal wieder nicht schaffe, dann werde ich für alle Ewigkeiten ein Sumpfgeist."

Timo zeigte ihr, wie sie sich einen

Spickzettel machen konnte. „Mit Geister-
tinte. Dann ist die Schrift unsichtbar. Aber
wenn ich den Zettel anrülpse, kann ich die
Wörter für kurze Zeit lesen."

Aurelia war begeistert. „Danke, prima
Idee!" Sie gab Timo einen Kuss. Ihre
Lippen schmeckten nach gefrorenem
Spinat.

Timo war verwirrt. Er spürte den Kuss noch, als er durch die kleine Ortschaft schwebte und in die Häuser schaute. Ein älterer Herr, der nicht schlafen konnte, schlug mit der Fliegenklatsche nach ihm, traf aber nicht. Timo erinnerte sich daran, was der Graue gesagt hatte, und wurde zu Nebel. „Immer diese verdammten Gespenster!", rief der Alte ihm nach.

Allmählich hatte Timo genug von der Spukerei. Der Himmel wurde schon hell. Bald würde die Sonne aufgehen. Es war Zeit zum Umkehren.

Als Timo in die Dachkammer zurückkam, wachte der Mann gerade auf und reckte und streckte sich.

„Ah ... ich fühle mich wie neugeboren. Es war sehr nett, dass du mich vertreten hast. Ich habe dir das Bett auch hübsch angewärmt. Jetzt gib mir die Hand, damit wir uns wieder zurückverwandeln."

Timo tat es. Sein grauer Arm nahm die gewohnte rosige Farbe an, und auch der Schlafanzug wurde wieder bunt. Dafür ergraute der Mann.

„Mach's gut, und nochmals vielen Dank!" Damit verschwand das Gespenst.

Als Timo ins Bett schlüpfte, war es tatsächlich kuschelig warm. Timo war todmüde. Er hätte noch tausend Fragen gehabt, aber da fielen ihm schon die Augen zu.

Stunden später rüttelte Oma ihn wach. „Willst du nicht endlich aufstehen und frühstücken, Timo?"

Timo blinzelte verschlafen.

„Hoffentlich hattest du eine gute Nacht", meinte Oma fürsorglich.

„Oh ja", antwortete Timo. „Sie war ... äh ... gespenstisch gut!"

Ich hol dein Liebstes!

Valerie konnte nicht schlafen. Draußen heulte der Wind, und die Dachziegel klapperten. Valerie kuschelte sich tiefer in die Kissen.

Plötzlich stand ein Geist am Fußende ihres Bettes.

„Übermorgen komm ich und hol dein Liebstes!", kündigte er an.

Valerie schreckte hoch. Ihre Zähne fingen an zu klappern, aber da war der Geist schon wieder verschwunden.

In der nächsten Nacht, pünktlich zur

Geisterstunde, erschien das Gespenst erneut. Diesmal war es noch größer und nebliger als beim ersten Mal. Es kam ganz dicht an Valeries Bett.

„Denk dran, Valerie, morgen hol ich dein Liebstes!"

Valerie bekam eine Gänsehaut. Ihre Zähne schlugen aufeinander, und kalter Schweiß stand ihr auf der Stirn. Wieder

verschwand das Gespenst, bevor sie etwas sagen konnte.

In der nächsten Nacht war der Geist wieder da, so groß und unheimlich wie noch nie. Er beugte sich über Valeries Bett, dass Valerie seinen eisigen Atem spürte.

„Heute ist es so weit!"

Valerie machte ganz ängstliche Augen.

„Du hast dein Liebstes unter dem Kopfkissen versteckt!"

„Wwwwoher wwweißt du das?", bibberte Valerie und kroch noch tiefer in ihre Kissen.

„Das weiß jeder aus der Familie", antwortete der Geist. Er streckte die Geisterhand aus. „So, jetzt her mit deinem Liebsten!"

„Willst du es wirklich haben?", piepste Valerie.

„Ja", sagte der Geist. „Keine Tricks. Mich kannst du nicht reinlegen."

Zögernd griff Valerie unters Kopfkissen

und reichte dem Geist die Tafel
Schokolade, die sie
dort versteckt hatte.
   Der Geist biss
gleich hinein.

„Oh, wie lecker!", freute er sich.
„Nougat!"
   „Meine Lieblingssorte", sagte Valerie
kläglich.
   „Aber jede Nacht eine ganze Tafel, das
ist entschieden zu viel", meinte der Geist
und verdunstete.

Der falsche Lehrer

Heribert der Hässliche fühlte sich schon eine ganze Weile nicht mehr wohl in seiner Haut. Lustlos kickte er seinen Kopf durch die Gegend, und wenn die Leute laut „Huch!" kreischten, machte ihm das nicht den geringsten Spaß. Das Spuken war langweilig geworden. Am liebsten wäre er kein Gespenst mehr gewesen.

„Heribert, du bist krank", sagte die durchsichtige Florentine eines Nachts zu ihm. „Du musst zu einem Arzt."

„Welcher Arzt kümmert sich schon um Gespenster?", murmelte Heribert kläglich. „Ärzte sind für Menschen da, nicht für Geister."

„In der Nähe gibt es einen Geistheiler", sagte Florentine. „Geh doch einfach mal hin."

Heribert zögerte erst noch eine Weile. Aber als er in der nächsten Vollmond-nacht in eine tiefe Krise stürzte und ernst-

haft mit dem Gedanken spielte, für immer
nach Amerika auszuwandern, war ihm
klar, dass es so nicht mehr weitergehen
konnte.

Also schleppte er sich noch in derselben
Nacht zu dem kleinen Haus, das
Florentine ihm beschrieben hatte.

„Doktor Q. A. K. Salber", stand auf dem
Türschild und darunter „Spezialgebiet:
Geistheilungen".

„Dann bin ich ja hier richtig", brummte Heribert vor sich hin und klopfte an die Tür.

Niemand öffnete. Heribert wartete eine Weile, dann wurde es ihm zu dumm, und er schwebte einfach durch die Wand.

Im Arbeitszimmer standen Kerzen, und es roch nach Räucherstäbchen. Bunte Tücher hingen an den Wänden. An einem Tisch saß ein Mann. Er war völlig in Gedanken vertieft und hatte die Hände über eine Kristallkugel gelegt.

Heribert hustete, damit der Geistheiler ihn bemerkte. Vor allem aber reizte der Rauch seine Kehle.

Doktor Salber erschrak so fürchterlich, dass die Kristallkugel vom Tisch rollte und auf dem Boden zerbrach. Bibbernd starrte er den Geist an und stammelte: „Bitte tun Sie mir nichts ..."

„Ich bin gekommen, damit Sie mir helfen", sagte Heribert und ließ sich auf einem Stuhl nieder. „Ich hab einfach keine Lust mehr zu spuken. Das ist für ein Gespenst das Schlimmste, was ihm passieren kann."

„Hm", machte Doktor Salber und rieb sich ratlos das Kinn. „Seit wann geht das denn schon so?"

„Seit zwei, drei Monaten ungefähr."

„Ein Tee aus schimmeligen Kohlrabi-blättern sowie kalte Schlangen-Fußbäder könnten vielleicht etwas nützen", schlug Doktor Salber zaghaft vor.

Heribert winkte ab. „Alles schon probiert."

„Dann empfehle ich Ihnen anregende Lektüre. Zum Beispiel Bücher wie *Gruseln, aber richtig.* Oder: *Spuken für Könner.* Oder: *Das allerletzte Geisterhandbuch.*"

„Ich kann nicht lesen", sagte Heribert traurig.

„Wie wär's mit Spuken in der Gruppe?", fragte Doktor Salber. „Mit anderen Gespenstern ist es bestimmt lustiger."

„Meine Kollegen gehen mir furchtbar auf die Nerven", gestand Heribert. „Ehrlich, am liebsten wäre es mir, wenn ich kein Gespenst mehr sein müsste."

„Hm", machte Doktor Salber. „Was wollen Sie denn dann sein?"

„Lehrer", sagte Heribert wie aus der Pistole geschossen. „Ich mag nämlich Kinder. Und ich finde es ganz und gar scheußlich, dass ich sie als Gespenst immer erschrecken muss."

Doktor Salber dachte lange nach. „Nun", sagte er nach einer Weile, „ich weiß zufällig, dass hier an der Grundschule der Sportlehrer für einige Monate ausgefallen ist. Wenn Sie wollen – ich könnte meine Beziehungen spielen lassen ..."

Heribert freute sich riesig. „Das würden Sie wirklich für mich tun?"

Doktor Salber griff zum Telefon.

„Es ist natürlich nur aushilfsweise", sagte er, nachdem er das Telefonat beendet hatte. „Aber vielleicht tut Ihnen etwas Abwechslung einfach gut ..."

So bekamen die Grundschüler des Ortes in den nächsten Wochen sehr seltsamen Unterricht. Zuerst verhielt sich Heribert

wie ein normaler Sportlehrer. Er ließ seine
Schüler um die Wette rennen, stoppte die
Zeit und machte mit ihnen Gymnastik und
Ballspiele. Aber dann zeigte er ihnen, wie
man schweben und sich in Luft auflösen
konnte. Als Heribert einmal beim Fußball-
spielen statt mit dem Ball mit dem Kopf
kickte, hagelte es haufenweise
Beschwerdebriefe von den Eltern.

Heribert wurde zum Rektor
gerufen.

„Stimmt es, was da steht?",
fragte der Rektor streng. „Sie
haben den Kopf zum Spielen
verwendet?"

Heribert wurde ein bisschen blass.
„Wieso? Was habe ich falsch gemacht?

Nach den Fußballregeln ist Kopfball doch erlaubt ..."

Der Rektor packte Heribert am Kragen. „Mein lieber Heribert, ich denke, das Beste wird sein, wir vergessen die Sache und Sie verdunsten wieder dorthin, wo Sie hergekommen sind. Unser Sportlehrer ist außerdem ab nächster Woche wieder da."

Heribert war einverstanden. Er hatte ohnehin genug vom Unterrichten. Lehrer zu sein war nämlich noch anstrengender, als Nacht für Nacht durch die Gegend zu spuken.

Jetzt machte ihm das Herumgeistern wieder mehr Spaß. Und seine Gespensterkollegen waren froh, dass Heribert wieder der Alte war.

Einmal kehrte er jedoch noch zur Schule zurück und spukte auf dem Dachboden. Er ließ vergnügt die Ketten rasseln und grölte so laut, dass man es bis zum Rathaus hören konnte:

„Zwei mal drei ist a-h-acht ..."

Das Gänsehaut-Pulver

„Mit meiner neuen Erfindung werde ich
endlich reich und berühmt werden",
behauptete Professor Antonius. Er
schüttete noch ein bisschen Paprika in ein
großes Glas und stellte seine Maschine
an. Gelbes und grünliches Pulver wurde
mit Wasser gemischt und lief knatternd
durch lange Röhren. Dann wurde das
Gebräu in einem Topf gekocht, bis das
Wasser verdampfte und nur noch eine
harte Kruste übrig blieb. Diese Kruste
wurde zerstampft und zerbröselt.

Schließlich hatte Professor Antonius ein
halbes Gläschen mit grünem Staub in der
Hand, das er andächtig gegen das Licht
hielt. „Endlich! Hier ist das erste
Gänsehaut-Pulver. Eine Weltneuheit!"

„Und wozu, verehrter Professor, soll das Pulver dienen?", fragte sein Gehilfe Leo schüchtern.

„Na, ist doch sonnenklar", meinte der Professor. „Fast alle Menschen lieben den Nervenkitzel. Die einen sehen sich einen schaurigen Film an, die anderen lesen ein gruseliges Gespensterbuch, und manche klettern sogar gefährliche Steilwände hoch. Mein Gänsehaut-Pulver ersetzt all diese Dinge. Man braucht nicht mehr aus dem Haus zu gehen, sondern kann sich ganz gemütlich zu Hause auf dem Sofa gruseln."

Mit den Fingerspitzen nahm er etwas Pulver heraus und streute es sich in den Nacken. Gleich darauf wurde er blass und fing an, am ganzen Leib zu schlottern.

„Verehrter Herr Professor", rief Leo erschrocken. „Sie müssen doch nicht Versuchskaninchen spielen. Immer testen Sie Ihre Erfindungen an sich selbst. Das geht doch nicht!"

Professor Antonius' Zähne klapperten
laut, aber er grinste.
„Mein Pulver wirkt", schnatterte er.

„Sehen Sie, was für eine schöne Gänsehaut ich bekommen habe?" Stolz zeigte er auf seinen rechten Arm.

Plötzlich wurde sein Gesicht zornig. „Leider grusele ich mich überhaupt nicht. Ich friere nur, und zwar ganz entsetzlich ... EIN FEHLSCHLAG! Was für eine Enttäuschung! Die ganze Mühe umsonst! Das kann doch nicht wahr sein! Ich kann alles wegwerfen ..."

Er wollte das Glas mit dem Pulver auf den Boden schleudern, doch Leo konnte es gerade noch verhindern.

„Aber nein, verehrter Professor! Sie haben da eine geniale Erfindung gemacht", rief er aus. „Ihr Gänsehaut-Pulver ist genau das Richtige für heiße Tage. Im Sommer, wenn die ganze Stadt schmort, wird man Ihnen Ihre Erfindung aus der Hand reißen! Denken Sie an all die Menschen, die in ihren Büros schwitzen, an die Schulkinder im Klassenzimmer, an die vielen Leute, die unter dem Dach wohnen müssen, wo es unerträglich heiß ist ..."

Professor Antonius lächelte, obwohl seine Zähne noch immer unaufhörlich aufeinander schlugen.

„Ja, natürlich! Sie haben Recht", meinte er begeistert und zog gleich darauf fröstelnd die Schultern hoch. „Mein Gänsehaut-Pulver wird bestimmt noch ein echter Knüller!"

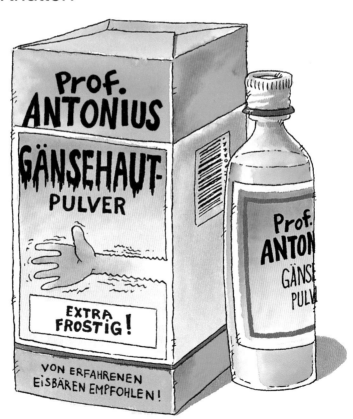

Wahre Gespensterliebe

„He, Jonathan, du alter Spuk-Lappen, was ist denn bloß los mit dir in der letzten Zeit?", fragte Geister-Hendrik neugierig. Er und sein Gespensterkumpel Jonathan saßen auf dem Burgturm und betrachteten die Sterne. Hendrik war verwirrt, denn jedes Mal, wenn Jonathan sich bewegte, explodierten einige kleine Pusteln auf seiner Haut. Es krachte und knatterte.

„Kannst du dir das nicht denken?" Jonathan seufzte.

„Nein, echt keine Ahnung", antwortete Hendrik.

„Ich bin mächtig verknallt", gestand Jonathan verlegen und wurde dabei ein bisschen gelbgrün.

„Oh", machte Hendrik überrascht. „In wen denn?"

„Sie heißt Olga Oleander, und wenn ich nicht bald einen Kuss von ihr bekomme, dann sterbe ich an gebrochenem Herzen."

„Was für ein Unsinn", sagte Hendrik. „So verliebt kann doch niemand sein."

„Und ob!", widersprach Jonathan und seufzte noch einmal. „Wenn sie mich nicht küsst, dann habe ich mindestens hundert Jahre Liebeskummer. Wie entsetzlich."

Die beiden Gespenster schwebten

gemeinsam die Treppe hinunter, denn es hatte zur Geisterstunde geschlagen. Höchste Zeit, um ordentlich zu spuken. Aber Jonathan war nicht besonders gut drauf. Er rasselte nur ganz matt mit der rostigen Kette, und als er als Nebel verdunsten wollte, erschienen in der Luft lauter kitschige rosa Wölkchen, die sich zu kleinen Herzen formten.

„Okay", sagte Hendrik zu Jonathan. „Es hat dich wirklich schwer erwischt. Dieser Zustand ist ja unerträglich! Du musst unbedingt etwas dagegen tun.

Wo wohnt denn diese Olga?"

„Sie lebt tagsüber als Kröte im Burggraben", erzählte Jonathan. „Aber nachts wird sie zu einem wunderbaren Gespenst, das mir den Verstand raubt."

„Dann nichts wie hin zu dieser Olga", bestimmte Hendrik. „Noch heute Nacht wirst du ihr deine Liebe gestehen, damit das alberne Theater endlich aufhört."

Jonathan wurde verlegen und wollte kneifen. Aber es half alles nichts, Hendrik zerrte ihn einfach mit.

Im Burggraben saß eine schöne Frau.
Sie trug ein weites, wallendes Kleid, das
aussah, als sei es aus Mondlicht gewebt.
Auf dem Haar hatte sie einen Kranz aus
Oleanderblüten.

Jonathans Haut knisterte und knatterte so laut wie Knallfrösche. Olga hörte das Geräusch und drehte sich um.

„Ich ... äh ... du ... äh ... wir beide ... vielleicht ...", stammelte Jonathan verwirrt. Dann verstummte er und blickte Olga nur mit gespenstergroßen Augen an.

Sie stand auf, ergriff seinen Arm und

streichelte sanft darüber. „Das ist die schönste Liebesgänsehaut, die ich je bei einem Gespenst gesehen habe."

Jonathans Arm sprühte, als hätte jemand Wunderkerzen angezündet.

Olga lächelte, dann gab sie Jonathan einen Kuss.

Hendrik musste die Augen abwenden, denn auch Olgas Haut fing an zu funkeln und zu blitzen. Kurz darauf schwebten die beiden verliebten Gespenster durch die Luft. Sie hielten sich an den Händen und flogen höher und höher. Ein Funkenregen begleitete sie.

„Macht's gut, ihr beiden", rief Hendrik hinterher und winkte ihnen nach. „Und eine schöne Hochzeitsreise!"

Am nächsten Tag behaupteten einige Leute, sie hätten noch nie so viele Sternschnuppen gesehen wie in dieser Nacht. Wie sollten sie auch wissen, dass sie *die* zwei verliebten Geistern zu verdanken hatten!

Der Modermann

Es ist Samstagmorgen. Paul hat keine Schule. Er genießt es, lange im Bett zu liegen.

Da geht die Tür auf, und jemand ruft nach ihm.

„Paul! Paul!"

Paul braucht die Augen gar nicht aufzumachen. Er kennt die Stimme nur zu gut. Sie gehört dem Modermann.

„Paul?"

Paul rührt sich nicht und stellt sich schlafend.

Er hört leise Schritte. Jemand schleicht sich an sein Bett.

„Schläfst du, Paul?"

Eine kleine feuchte Hand betatscht Pauls Gesicht.

Paul kneift die Augen ganz fest zu. Hoffentlich geht der Kerl wieder weg!

„Ich weiß, dass du wach bist!", sagt die Stimme.

Jemand klettert auf sein Bett. Paul spürt den warmen Atem.

„Paul", flüstert der Modermann, „lass mich ein bisschen rein zu dir."

Schon schlägt er die Decke zurück und zwängt sich neben Paul.

Paul stöhnt.

„Schön bei dir", haucht der Modermann.

Paul fühlt, wie sein Bein langsam feucht wird.

Das ist zu viel! Er reißt die Augen auf.

„Igitt, du Ferkel!", schreit er seinen kleinen Bruder an. „Du hast schon wieder nasse Windeln!"

Der schaut Paul mit seinen großen, blauen Augen an. Und plötzlich kann Paul ihm gar nicht mehr böse sein. Er nimmt ihn in die Arme und knuddelt ihn ganz fest.

„So, mein kleiner Modermann", sagt er dann. „Jetzt stehen wir auf und schauen nach, ob die anderen noch was vom Frühstück übrig gelassen haben!"

Marliese Arold wurde 1958 in Erlenbach am Main geboren. Nach dem Abitur studierte sie an der Fachhochschule für Bibliothekswesen in Stuttgart, mit dem besonderen Schwerpunkt Kinderbibliothek. Schreiben machte ihr schon immer viel Spaß, und 1983 erschienen ihre ersten Kinder- und Jugendbücher. Heute arbeitet sie als freie Autorin für verschiedene Verlage.

Ralf Butschkow, 1962 in Berlin geboren, lebt mit seiner Frau, Tochter und Sohn noch immer dort. Nach einem Studium an der Hochschule der Künste Berlin arbeitete er als freier Werbegrafiker und ist heute überwiegend als Kinderbuchillustrator für verschiedene Verlage tätig.

Leselöwen

Jede Geschichte ein neues Abenteuer

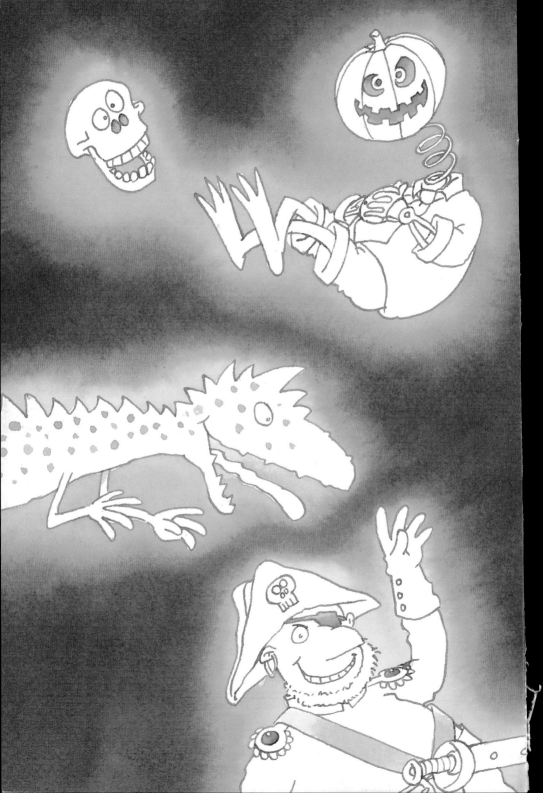